AF143189

MIROIR
MON BEAU MIROIR ...

© Annie BERLINGEN - 2022
Édition : BoD – Books on Demand,
info@bod.fr
Impression : BoD – Books on Demand,
In de Tarpen 42, Norderstedt (Allemagne)
Impression à la demande
ISBN : 978-2-3224-6089-2
Dépôt légal : Octobre 2022

Quelques mots de mon cœur,
De mon âme, quelques maux
Pour confier mon bonheur
Au vent et aux oiseaux.

* * * *

Sachez aussi que

« Vieillir n'est, au fond, pas autre chose que de
n'avoir plus peur de son passé »
Stéfan Zweig

et que

« La vieillesse est comme la nuit qui descend
doucement sur le jour. »

Hervé Krissi

Le corps vit de secrets,

le cœur de confidences,

et l'amour joue sur les deux tableaux

Gilbert CESBRON

Annie BERLINGEN

MIROIR,
MON BEAU MIROIR

AB
Écrire encore

Pourquoi j'écris !

Chère Lectrice,

Cher Lecteur,

A toi qui lis ce texte, il faut que je te confie cette histoire vraie qui m'a conduite à écrire.

Je ne savais pas jouer avec les mots. Je les enfermais toujours dans le carcan de la phrase type, comme une bonne écolière qui la construit selon les règles classiques de la grammaire. Tous ces mots prisonniers, essayant de s'évader, d'être libres pour exprimer enfin mon envie de dire, d'écrire, de les détourner de leur sens primaire, en faire des papillons légers, butinant les fleurs de ma pensée pour en extraire le nectar.

Un jour que je me baladais dans la virtualité offerte si gentiment par Internet, j'ai rencontré un homme. Il était charmant et nous avons souvent commenté nos écrits, puis nous avons échangé sur la vie, la maladie, les moments difficiles à affronter. J'appréciais beaucoup sa façon d'écrire, disant que je l'enviais de pouvoir laisser aller son imagination.

Moi je ne savais que me promener sur le bord d'un chemin, un chemin de mots ouvert aux quatre vents de la vie. Je lui demandai :

– Dois-je emprunter à droite le chemin de la routine et du quotidien qui ronronne, des gestes répétitifs, des habitudes vieillissantes, des lendemains semblables à mes hier et à mes avant hier ? Dois-je m'enliser dans les émotions stériles, les sentiments disparus, les rêves inachevés avant d'avoir vécu ? Dois-je continuer mon chemin sans ornières, bordé de fleurs sans éclats ? Le chemin des mots de la banalité, du « au jour le jour », les mots du commun ! Ou bien dois-je choisir à gauche, ce sentier qui s'ouvre dans une forêt d'arbres à noms, de bosquets de verbes, de buissons d'adjectifs- ou d'adverbes ? Un chemin sinuant entre tendresse et rires feutrés, entre plaisir et sérénité, entre douceur et beauté, entre rêve et réalité, entre bonheur et malheur ?

Il m'a semblé le voir sourire de l'autre côté de l'écran. Un sourire chaleureux, rassurant. Il m'a tendu une main virtuelle, me disant:

« N'ayez pas peur des mots. Vous les aimez et ils vous aiment aussi. Jouez avec eux, transformez-les, faites les vivre. Ils vous enchanteront, vous transporteront vers des lieux insolites, des histoires étonnantes, des découvertes surprenantes.»

Je l'ai écouté ; j'ai suivi son conseil et emprunté ce chemin. J'y ai fait une rencontre étonnante avec moi-même, avec cet autre moi qui n'osait pas, qui doutait.

Et j'ai dansé avec les mots, j'ai valsé sur des musiques verbales juste susurrées par un mot : concerto, adagio, violon ou guitare. Et je me suis lovée dans les filets de cet amour des mots et ils m'ont enlacée, apaisée, conduite vers des lieux de chimères et de songes.

* * * *

Voilà pourquoi, ce soir, j'ai laissé mes mots courir sur mon clavier, être les maîtres de mes émotions. Voilà pourquoi, je les ai laissés noircir ma page et dire ce que bon leur semblait. Ils ont traduit ma pensée mieux que je n'aurais su le faire.

J'aurais aimé remercier cet homme de m'avoir menée à leur rencontre. Mais la virtualité est sans pitié qui permet que des amitiés se nouent et puis disparaissent sans prévenir. Je n'ai plus eu de ses nouvelles mais je lui suis reconnaissante de m'avoir conduite à ne plus avoir peur d'écrire mes émotions ou tout simplement mes rêves et mes souvenirs.

Depuis, consciente de leur pouvoir, j'écris page après page, me laissant conduire par les mots. Ils règnent sur mon clavier et ne veulent plus écrire la mort, la pauvreté, la détresse. Ils essaient de te donner de l'espoir, de la joie pour voir, qui sait, un sourire éclairer ton visage. Sans doute ont-ils raison ?

J'ai voulu mettre une part de rêve dans ce récit tout en restant dans le réel du quotidien. Parfois, il est bon de voir la vie en rose pour oublier le gris des jours sans fin, les gros nuages noirs qui s'amoncellent, promesse d'orages et de fureur. Pourquoi ne décrire que la misère, la difficulté à exister ? Même si, une partie de ce livre, reste une illusion, une utopie, cela n'enlèvera rien à l'histoire racontée, puisée dans la banalité des jours.

Les faits que je vais te narrer ici, lectrice, lecteur, ont été vécus dans la vraie vie et pourraient être les les tiens ou miens.

Car, comme l'écrit Boris Vian :

« Je me demande si je ne suis pas en train de jouer avec les mots ?

Et si les mots étaient faits pour ça ?»

Voilà pourquoi j'écris !

13

Qui est-elle ?

Angoissante question qu'elle pose là, nue devant ma glace. Il y a très longtemps qu'elle ne s'est plus regardée. Elle passe devant les miroirs sans même y jeter un œil. Pourquoi faire ? Pour voir cette vieille femme, grosse, flétrie, rabougrie, ce vieux machin sans intérêt (c'est ainsi qu'elle parle d'elle.)?

Tout cela elle le sait sans avoir besoin de regarder son reflet dans cet objet sans cœur qui n'essaie même pas de gommer les contours de ce corps flasque, de ces bourrelets de graisse, de ce ventre en tablier et de ces seins qui pendent lamentablement. S'ajoutent à ce triste tableau, des cheveux blancs comme neige mal coupés et mal coiffés, des ongles qui se cassent, des taches sur le visage; elle se trouve être le portrait parfait de ce que la vieillesse fait des êtres à l'hiver de leur existence.

Oh, bien sûr, ils deviennent sages, ces vieux. Ils comprennent la vie, acceptent bien des choses qui les auraient faits bondir à vingt ou trente ans. Ils prennent - *enfin* – le temps de faire ce qui leur plaît. C'est certain mais en ont-ils encore envie, maintenant que tous les ressorts sont cassés ou détendus et que, face à ce miroir, ils ne sont plus que vieux, fourbus et décrépis.

* * * *

Mais alors que lui arrive-t-il aujourd'hui pour qu'elle s'attarde ainsi devant ce juge impitoyable ? Soudain, elle sursaute, effrayée.

– *Tu deviens folle ma fille ?* lui demande son

image dans le miroir. *Tu te donnes en spectacle même si tu es la seule à te contempler. Tu vois enfin à quoi tu ressembles ?*

– A tout ce à quoi j'aurais voulu ne jamais

ressembler ! maugrée-t-elle C'est l'horreur! Comment ai-je pu me laisser aller de la sorte ?

– *Il est bien tard pour réagir ! Tu t'es laissée*

dévorer par la vie, par le quotidien ronronnant, Tu t'es engluée dans une routine qui te sécurisait. Tu as joué les autruches, te cachant pour ne rien voir, t'inventant des excuses sans valeur.

– Je sais que tu as raison, mais pouvais-je

faire autrement ? Qui aurait pris soin de mon mari, de mes enfants, de mes vieux parents si j'avais pris un peu plus de temps pour moi ?

– *Ah, je te reconnais bien là, à jouer les*

indispensables, la seule à savoir quoi faire ou quoi dire, la seule à pouvoir porter sur ses épaules tout le poids d'une famille.

– Tu es dure. N'as-tu jamais compris ma démarche ? Tu me ressembles et tu es là à m'invectiver comme une voleuse ?

– *Mais tu en es une ! lui répond son image.*

Tu t'es volé toi même. Tu t'es volé ton temps, tu t'es volé tes plus belles années, tu t'es volé ta vie.

Et elle reste sans voix devant ce jugement sans cœur mais tellement vrai. Elle s'affale sur un tabouret face à son reflet. Quelques vers de Ronsard lui viennent à l'esprit.

Quand vous serez bien vieille, au soir à la chandelle,
Vous serez au foyer une vieille accroupie,
Vivez, si m'en croyez, n'attendez à demain :
Cueillez dès aujourd'hui les roses de la vie.

Ou encore

Cueillez, cueillez votre jeunesse:

Comme à cette fleur la vieillesse

Fera ternir votre beauté.

Ce coquin de poète savait toucher les femmes et appuyer sur le point sensible pour les cueillir et les consoler. Oui, mais il est mort depuis bien longtemps, le poète, et à elle, personne ne lui a jamais murmuré, au creux de l'oreille, ce genre de mise en garde.

– *Tu fais bien de te remémorer les vers de ce poète amoureux des femmes et de leur beauté. Tu as le résumé parfait de ce qu'il convient de faire. Mais trop tard.*

– Oui, trop tard. Mais personne ne m'a jamais dit que j'étais belle, que mon corps gardait sa fermeté et sa beauté. Personne ne m'a couvée d'un regard amoureux qui se fait tendresse au fil des ans. Quel gâchis, cette vie !

– *Voilà qu'à nouveau tu te lamentes. Aurais-tu tout oublié de ce que furent toutes tes années passées ?*

– Il me semble que mon esprit n'a enregistré que les choses banales, difficiles, sans valeur, les malheurs et pas les bonheurs. Pourquoi cette sélection alors que j'ai eu aussi ma part de joies, de moments heureux, de rencontres étonnantes, d'instants d'amour intense. L'approche de la mort, le vide qui s'ouvre sous mes pieds, la solitude ? Est-ce que cela peut tout expliquer ? Que de questions sans réponse ! Ce qui la perturbe le plus c'est de n'être pas certaine d'avoir choisi le bon chemin, d'avoir suivi le bon sentier, celui qui conduit les êtres vers leur destin ? Questions éternelles pour lesquelles elle n'a aucune réponse.

– *Bon, écoute-moi. Tu vas revêtir ta plus belle robe, coiffer tes cheveux et me suivre, sans poser de question et sans crainte. J'attends...*

– Et où allons-nous ?

– *Faire un voyage au pays des souvenirs, une croisière dans le temps, je t'emmène à la rencontre des hier lointains... Oh ! Et puis, tu verras bien...*

– Je n'ai pas envie de voyager, je suis trop fatiguée pour cela.

– *Tu te défiles encore une fois. Mais quand donc auras-tu le courage de franchir le pas et être enfin celle que tu es vraiment ?*

– Celle que je suis vraiment ? demande-t-elle. Mais est-ce que je le sais moi-même ? J'ai peur de l'inconnu, tu le sais bien.

– *Tu es fatigante, la vieille. Ce voyage te fait peur ? Pourquoi ? Tu crains d'être mise face à tes erreurs, à tes mauvaises décisions, à tes mauvais choix, aux chemins pris alors que d'autres s'ouvraient à toi ?*

– Sans doute un peu de tout cela. Je l'avoue... j'ai peur de remuer le passé.

– *Allez, presse-toi. Il est temps après il sera trop tard et tu termineras ta vie avec cette éternelle question, tout comme l'écrit Verlaine*

Qu'as-tu fait, ô toi que voilà
Pleurant sans cesse,
Dis, qu'as-tu fait, toi que voilà,
De ta jeunesse ?

– Le ciel est par-dessus le toit... Quelle belle poésie.

Elle prend une grande respiration, se lève de son tabouret et sort de son armoire une robe légère et fleurie, une robe ensoleillée comme un jour d'été. Elle se coiffe, prend un rouge à lèvres qui traîne depuis longtemps dans un tiroir, maquille sa bouche.

– Me voilà prête, dit-elle

Bizarrement, son miroir reste muet.

– Où es-tu passée ? Tu me demandes de t'accompagner et tu disparais. Réponds-moi ? Je ne suis pas la marâtre de Blanche Neige qui passait son temps à poser des questions sur sa beauté. Je ne vais pas t'assommer avec mes demandes. Montre-toi.

– *Je suis toujours là. répond la voix. Allez, courage, tu n'as qu'un pas à faire.*

Une grande inspiration pour chasser l'oppression qui serre sa poitrine et elle le fait ce pas en avant. Le miroir se liquéfie en cercles concentriques qui l'avalent. Elle a franchi le temps et l'espace.

– *Tu vois ! Ce n'était pas si difficile.*

– Tout comme Alice, au pays des merveilles. Mais il manque le lapin blanc et le chapelier toqué.

*– Arrête de jacasser pour cacher ton angoisse
et avance.*

Elle avance. Surprise, elle se retrouve sur un quai de gare. Des passagers se pressent pour rejoindre un wagon pour les uns, la sortie pour les autres. Personne ne lui prête attention. Elle semble transparente. Dans cette atmosphère bizarre, le haut parleur déverse une phrase étrange. En quoi est-elle étrange ? Elle n'arrive pas à trouver un sens à cette impression qu'elle a d'être dans la troisième dimension. Quelle est cette part d'irréel, de fantastique qui la tient en haleine ?

– Le train des souvenirs, à destination du

*passé, entre en gare. Veuillez vous éloigner du
quai.*

– Le train des souvenirs, ce doit être le mien.

Que dois-je faire ?

La Voix résonne de nouveau à ses oreilles :

– *Monte dans le premier wagon et laisse toi*

conduire. Tu ne seras jamais seule car, si tu ne me vois pas, je serai toujours là, à tes côtés. Je suis l'âme de ton histoire, le guide de tes souvenirs, la gardienne de tes amours. Ne crains rien. Ce n'est qu'un voyage dans le temps passé, dans le temps perdu. Juste un retour dans ta vie, un chemin à rebours. Tu te poseras des questions et peut-être trouveras-tu enfin des réponses à toutes ces interrogations qui t'assaillent en cette fin de parcours. Depuis quelques mois, tu te questionnes. Sois persuadée qu'au terme de ce périple dans ton passé, tu auras les réponses dont tu as besoin pour trouver la sérénité de l'âme et la paix du cœur. Va ! Sois forte et apprécie.

Elle hésite encore, perdue au milieu de tous ces voyageurs qui passent sans la voir. Elle appréhende ce retour vers le passé. Que va-t-elle apprendre qu'elle ne sait déjà ? Que va-t-elle découvrir de cette vie qui fut la sienne ?

— *Réveille-toi, lui murmure la Voix. Tu rêves*

et tu oublies tout le reste, tout ce qu'il te faut affronter avant de retrouver ton quotidien.

— Tu as raison, j'ai peur de me retrouver face

à mes erreurs, à mon passé, à mes amours perdues, aux mauvais chemins empruntés ...

— *Tu verras aussi les moments de bonheur*

qui ont jalonnés ta vie et qui t'ont comblée. Allez ! Monte !

* * * *

Alors s'armant de courage, elle prend place dans le wagon et s'installe sur la banquette de cuir rouge, se laissant aller contre le dossier. Elle ferme les yeux. Lentement le train s'ébranle, le bruit de roues sur les rails la berce. Sur l'écran de ses yeux clos une silhouette se dessine. Une couleur bleue s'impose. Bleu mais qu'est ce qui était bleu dans sa vie d'avant pour lui laisser ce souvenir ? Une sonnerie retentit dans ses oreilles, des images se forment...

* * * *

Elle, c'est Agathe. Quatre-vingt hivers (à son âge, on ne parle plus de printemps). Encore bon pied, bon œil et des neurones bien en place. Oui, mais les années sont là, pesantes et parfois douloureuses. Elle va le faire ce voyage dans le fond de sa mémoire. Elle a besoin de ce retour dans le passé pour effacer tous ses regrets, toutes ses questions qui la tenaillent en cette fin de son parcours de vie.

Où ce train va-t-il la conduire ?

– Oh ! Et puis, se dit-elle, je verrai bien.

* * * *

BLEU

¨`\*•.,(¯`☆ ☆´¯),.•´¨`*•☆

L'adolescence, c'est le temps
des confidences, des secrets
et le temps des premières déceptions.

•*¨`*•.,(¯`★ ★´¯),.•´*¨`*•☆

La sonnerie du lycée, annonçant la fin des cours, retentit. Le portail s'ouvre et le flot bruyant des lycéens s'écoule dans la rue. Garée le long du trottoir, une voiture bleue attend. Du haut des marches, la jeune fille l'a repérée. Un large sourire s'affiche sur son visage et elle presse le pas. Un jeune homme sort du véhicule. En tenue d'aviateur, il est magnifique. Des yeux bleus, des cheveux blonds, une fine moustache au-dessus d'un sourire ravageur, il la regarde s'avancer vers lui. Dans la douceur d'un automne parfumé, sa robe légère virevolte autour de ses jambes encore dorées par le soleil d'été. Elle est mince, élancée, belle avec l'audace de ses dix-sept ans. Le cœur du jeune homme est soulevé par ce spectacle. Il l'aime de tout son être depuis le premier jour de leur rencontre. Il se souvient.

* * * *

Originaire d'un petit village de l'Yonne, Thomas Moreau accomplit son service militaire sur la base aérienne d'Istres, dans le sud, non loin de Marseille. Il a vingt-deux ans. Sur son lieu de travail, il s'est lié d'amitié avec Stéphane, un mécanicien civil. Ils ont à peu près le même âge et aiment bien se retrouver le samedi soir, dans un bar renommé où toute la jeunesse de la ville et des alentours vient passer des moments de gaîté, de plaisir, de chahut aussi. Les deux compères aiment bien regarder les filles qui s'y trouvent. En septembre, lors d'une de ces sorties entre garçons, le regard de Thomas est attiré par une silhouette gracieuse qui vient d'entrer. Il tombe sous le charme dès le premier instant. Elle est tout simplement ravissante. De grands yeux noisette piquetés d'ambre et d'or, des cheveux en boucles d'ébène, un visage à l'ovale parfait, une peau dorée par le soleil des vacances et un corps à damner un saint. Taille fine, hanches rondes et une poitrine que l'on devine sous son léger corsage, un sourire lumineux et dans le bistrot tout a disparu. Son copain le pousse du coude et demande

– Eh bien ! Vieux ! Que t'arrive-t-il ?

– Je viens de voir passer un ange !

– Oups ! Tu en es sûr ou est-ce l'effet de ton whisky ? Stéphane se marre doucement.

– Tu es nul ! Je te jure que je viens de voir passer un ange.

– Avec des ailes blanches dans le dos ? chante-t-il sur la chanson de Claude François. Et puis s'est envolée vers les étoiles. Son ami est moqueur.

Thomas hausse les épaules et s'en va faire le tour de la salle. Il doit la retrouver, danser avec elle. Il ne peut pas imaginer ne plus la revoir. Il la découvre enfin attablée avec quelques amies et amis. Son regard est si insistant qu'elle doit en sentir le poids. Elle se tourne vers lui, l'observe quelques secondes et lui adresse un sourire. Il s'approche. Du juke-box monte les premières mesures d'un slow, l'éclairage diminue, plongeant la piste de danse dans une douce lumière ambrée. Thomas s'incline et demande, en lui tendant la main

– M'accorderez-vous cette danse ?

– Avec plaisir, répond-t-elle en se levant.

Sans un mot, ils évoluent sur la piste. Les yeux dans les yeux, corps contre corps, ils se laissent porter par la musique. Elle aime la pression de sa main dans son dos, la chaleur de celle qui a enveloppé la sienne. Elle respire son odeur, elle devine ses muscles contre elle.

– Je m'appelle Thomas, murmure-t-il. Je fais mon service militaire sur la base d'Istres.

– Moi, c'est Agathe. Je suis en terminale au lycée Jean Cocteau, de Miramas et j'habite ici, au Prépaou.

– Je connais. Beaucoup de militaires y ont un appartement. *La musique s'arrête pour reprendre sur un rythme endiablé.* Puis-je vous offrir un verre, propose-t-il sans lâcher sa taille.

– Volontiers.

Ils se dirigent vers un coin de la salle, un peu moins bruyant.   La complicité est immédiate. Ils bavardent de tout et de rien mais de grands instants de silence s'installent souvent, juste leurs regards qui se parlent. Leurs mains finissent par se joindre. Thomas ose une question pour lui essentielle :

– J'aimerais beaucoup vous revoir.

– Moi aussi. Mais ne soyons pas trop pressés. Laissons faire le hasard, lui répond-t-elle.

Elle se lève

– Pardonnez-moi mais je dois rejoindre mes amis. Nous devons rentrer tôt. A bientôt, dit-elle et elle regagne sa table.

Il la regarde s'éloigner. Lorsqu'elle sort du bar, elle lui adresse un regard et un sourire qui parlent pour elle.

La semaine suivante, il est de garde sur la base et ne peut donc pas sortir. Il s'interroge pour savoir comment forcer le destin et la rencontrer. Le samedi soir, il décide de retourner au café mais cette fois sans son ami. Il craint de faire l'objet de ses taquineries. Elle est là, plus belle que dans son souvenir. Elle porte une superbe robe rouge qui moule son corps. De nouveau, ils vont évoluer sur la piste, avec un plaisir encore plus grand. Cette fois, ils ont enchaîné plusieurs slows. Ils parlent peu, en dehors des questions banales : Comment c'est passé votre semaine ? Votre garde n'a pas été trop dure ? Rien de bien passionnant mais qu'importe, ils sont dans les bras l'un de l'autre et cela leur suffit. Ils ne s'avouent rien encore mais leurs cœurs battent à l'unisson.

– J'ai pensé à vous toute la semaine, murmure-t-il

– Moi aussi, confie-t-elle, en rougissant.

Il resserre un peu son étreinte, elle se laisse aller tout contre lui. Près de son oreille, il chuchote :

– J'aimerais vous voir ailleurs qu'ici, au milieu d'une piste de danse.Vous voir seule, sans tous ces gens qui nous observent.

– J'aimerais aussi mais je crains que ce ne soit difficile.

– Et pourquoi ? Vous le souhaitez, tout comme moi. Qu'est-ce qui nous empêcherait de nous rencontrer ailleurs ? demanda Thomas.

– Cette année scolaire est très importante pour moi. J'ai un programme chargé et peu de temps libre. De plus, mes parents, surtout mon père, n'aiment pas que je sorte le soir. En ce moment, ils m'accordent de sortir de temps à autre avec mes amis mais ce sera fini dès la semaine prochaine.

— Alors nous ne nous verrons plus ? dit-il

tristement.

— Je le crains et cela me fait mal au cœur.

J'aime être avec vous. Une fois encore, laissons faire le hasard. Il joue parfois de drôles de tours. Surtout ne m'oubliez pas.

— Peut être avez-vous raison. Laissons les

choses se faire selon leur bon plaisir. Et je ne vous oublierai pas, je tiens trop à vous.

Ils terminent la danse, joue contre joue. Ils s'imprègnent du parfum de l'autre pour le garder en mémoire.

* * * *

En ce dimanche matin, Agathe et sa maman prennent leur petit déjeuner dans la cuisine. Son père a rejoint ses amis pour une partie de pêche., à Ponteau. La jeune fille en profite pour se confier à sa mère.

— Dis-moi, maman, ça ressemble à quoi

l'amour ? demande-t-elle timidement.

— Drôle de question, ma chérie. Pas facile

d'y répondre. L'amour peut prendre tout un tas de visages, d'émotions.

— Est-ce qu'il fait battre le cœur plus vite,

plus fort ? Faire vibrer des papillons au creux du ventre ? Avoir envie d'être toujours avec lui ? Être triste de pas le voir, l'entendre ? Avoir besoin de sa présence, de sa chaleur, de l'abri de ses bras ?

Elle a tout débité, d'une seule traite, sans reprendre son souffle, comme si elle craignait de ne pouvoir continuer.

– Mais, dis-moi, jeune fille ! Serais-tu

amoureuse ? interroge Maman avec un sourire malicieux. Raconte.

Rougissante, Agathe fait à sa mère, le récit de ses deux rencontres avec Thomas. Elle est volubile, enthousiaste, ses yeux brillent d'un éclat particulier.

– Il est doux, tendre et très respectueux.

Jamais de geste déplacé ou de paroles douteuses. Et puis il est si beau. J'aimerais tellement pouvoir le fréquenter. Crois-tu que papa acceptera que nous nous voyons ?

– Eh bien, dit maman, ce jeune homme a

conquis ton cœur et tu en es amoureuse. Mais tu es trop jeune encore pour une relation durable. Tu as ton bac à passer, ton avenir à préparer. Pour ce qui est de ton père, je crains qu'il ne soit pas d'accord pour que tu le voies. Et moi, je n'irai pas contre sa décision. Désolée, ma petite fille.

Agathe fond en larmes. Elle se doutait de la réponse mais attendait un soutien maternel. Sa mère est trop soumise aux ordres de son mari pour oser le contredire ou agir en cachette. Elle rejoint sa chambre bien décidée à se passer du consentement de ses parents. Son jeune cœur vibre pour la première fois d'un amour puissant et pur.

– Je trouverai, nous trouverons un moyen de nous voir, quoi qu'il advienne.

* * * *

Dans sa chambre, à la base, Thomas, lui aussi, cherche un moyen de la revoir.

– Je vais aller roder dans son quartier. Qui sait, le hasard faisant bien les choses, peut-être la croiserai-je ?

Décision prise, il se rend dans le quartier où habite Agathe. Il se poste près des magasins.

— Peut-être viendra-t-elle acheter le pain ou le journal ?

Il patiente jusqu'à midi mais la jolie demoiselle ne se montre pas. Tout triste, il regagne la base, s'allonge sur son lit et repense à sa belle. Sa radio diffuse le dernier slow sur lequel ils ont dansé, tendrement enlacés.

Dans la somnolence qui l'envahit, il rêve et lentement une idée s'installe. Il la mettra à exécution dès le lendemain. Et il s'endort sur cette décision.

A seize heures, le jouir suivant, il quitte la base et prend la direction de Miramas. Agathe lui a confié que ses cours se terminaient à dix-sept heure, tous les jours. Il va l'attendre devant le lycée et puis il verra bien comment elle réagit.

La sonnerie de fin de journée retentit et le flot des élèves s'échappe par la porte principale. Il la cherche du regard parmi tous ces étudiants quand il l'aperçoit enfin. Son cœur se remet à battre comme un fou. Elle le voit à son tour et reste un instant incrédule comme si elle voyait une apparition.

— Que faites-vous là ? demande-t-elle.

— Je suis venu pour voir et vous parler,

répond Thomas.

— Je n'ai guère de temps, il me faut prendre le bus pour rentrer à Istres.

— Et si je vous raccompagnez ?

— Pourquoi pas. Elle n'a pas hésiter. Mais il faudra arriver à la même heure que le car.

— Eh bien, nous le suivrons ou nous l'attendrons à votre arrêt.

Aussitôt dit, aussitôt fait, ils s'installent dans sa 4cv bleue et Thomas prend la direction d'Istres. Échange de banalités, aucun d'eux ne sait quoi dire.

    – Vous m'avez manqué ! Leurs deux voix se

mélangent dans la même phrase. Ils restent surpris puis se mettent à rire. La glace est rompue. Ils arrivent à l'arrêt du bus et Thomas gare sa voiture sur un emplacement dissimulé par des troènes.

    – Je suis si heureux de vous voir. Si vous

saviez combien vous m'avez manquée. Je suis même venu dimanche dans votre cité, me disant que peut être vous feriez quelques courses au petit centre commercial. J'ai attendu en vain.

    – Nous n'étions pas là. Après le petit

déjeuner, nous avons rejoint mon père à Ponteau pour y passer la journée. Et vous, qu'avez-vous fait ?

– Je suis rentré à la base et j'ai pensé à vous toute la journée, essayant de trouver un moyen de vous approcher.

Le temps passe vite. Le bus arrive. Agathe sort de la voiture, adresse un signe de la main à Thomas en lui disant à Jeudi. Ils ont convenu de se retrouver ce jour là et de rentrer à Istres ensemble.

Le rituel s'installe et ils passent ainsi de merveilleux moments en tête à tête, loin des yeux mais près du cœur. Le premier baiser échangé a été un doux instant, chargé de tendresse, pas encore passionné, juste goûter les lèvres de l'autre. Premier baiser pour Agathe, la découverte, l'apprentissage de l'amour. Elle est heureuse, même son père s'en aperçoit. Peu enclin aux marques d'attention, lui fait remarquer qu'elle est bien gaie.

– Que t'arrive-t-il, ma fille? Tu me parais

bien joyeuse en ce moment.

– En effet, je suis heureuse. Je suis dans une

classe excellente. Mes camarades sont gentils, sérieux et travailleurs. Les cours se passent dans les meilleures conditions.

– En effet, c'est important pour une année

aussi déterminante. Je suis ravi pour toi et j'espère que tes résultats seront à la hauteur de ton plaisir d'étudier.

Il lui fallait bien redevenir inflexible, avec si peu d'affection. Mais peu lui importe, elle vit pleinement son amour pour Thomas. Ils continuent à partager des instants complices, tendres. Des instants volés au quotidien. Ils s'aiment d'un amour pur et sincère.

* * * *

En cette belle fin d'après midi automnale, tandis qu'elle s'avance vers lui, souriante, heureuse, Thomas pense à ce qu'il a décidé de lui dire. Son cœur se serre dans la crainte qu'elle ne veuille plus le voir.

— Et elle aura raison ! se dit-il. J'aurais dû lui faire cet aveu dès le début de nos rencontres.

Un baiser léger, rapidement échangé, ils prennent place dans la voiture et rejoignent leur coin secret.

— Tu me sembles bizarre, remarque Agathe, après un long moment de silence. Que se passe-t-il, mon cœur ?

— Mon amour, je dois te confesser quelque chose. J'ai trop longtemps remis de t'en parler. Je t'aime tant que je craignais ta réaction.

— Thomas, tu me fais peur. *Elle lui prend les*

mains, les serre dans les siennes. Je t'écoute. *Sa voix tremble d'appréhension.*

Il la regarde droit dans les yeux, se racle la gorge et dans un murmure il commence.

– Chez moi, dans mon village, j'avais une

petite amie...

Elle sursaute et retire ses mains. Il baisse les yeux

– Juste une amie d'enfance mais, tu sais,

dans nos bourgs, les langues vont bon train et toutes ont pensé que nous étions amoureux et que tout finirait par un mariage.

Il la regarde de nouveau. Elle a pâli, ses yeux se sont remplis de larmes.

– Que vas-tu m'annoncer que tu l'aimes,

que tu lui as promis de te marier avec elle ? *Elle s'indigne.* Tu n'as pas le droit de me faire ça ! Maintenant elle pleure vraiment.

– Mais non, rien de tout ça. Je l'aime comme on aime une amie pas comme une femme qu'on voudrait épouser. Mon ange, c'est toi que j'aime de tout mon être. Je ne veux personne d'autre que toi, même si, pour t'avoir dans ma vie, je dois patienter des années. S'il te plaît, crois-moi.

Il l'implore. Elle finit par se calmer et demande.

– Que vas-tu faire ?

– Lui dire que j'ai rencontré un ange, que je l'adore plus que tout au monde, que c'est avec lui que je veux vivre ma vie.

– Et quand comptes-tu lui avouer tout ça ?

– A Noël, je suis en permission, je remonte chez mes parents. J'annoncerai à tous que je t'ai rencontrée et à elle, qu'elle est libre de choisir quelqu'un d'autre.

Le bus arrive. Agathe sort de la voiture, encore sous le coup de cet aveu qui lui broie le cœur. Il la suit mais elle refuse de l'embrasser.

– Ne viens plus me chercher au lycée. Je ne veux plus te voir pour le moment. C'est trop difficile pour moi. *Son ton est sans appel.*

– Pas ça, s'il te plaît. Je suis trop malheureux de t'avoir fait de la peine. Elle n'est rien pour moi. Je regrette de ne pas te l'avoir confié plus tôt.

– Je t'attendrai, après les vacances . Tu auras fait ton annonce et moi j'aurai eu le temps de digérer ton aveu.

Elle tourne les talons pour qu'il ne voie pas ses larmes. Elle regagne sa maison et monte directement dans sa chambre. Lui est resté sur le parking, pétrifié par sa réaction. Il est bouleversé.

– Pauvre idiot ! Que croyais-tu qu'elle ferait ? Qu'elle applaudirait ? Qu'elle dirait « *C'est bien, mon amour de m'avoir avoué ce problème ?*».

Elle est entière. Tu es son premier amour. Stupide garçon !

Le temps s'écoule au ralenti pour les deux amoureux. Thomas se rend chaque Jeudi au lycée juste pour l'apercevoir. Il l'admire de loin, emplissant son cœur de son image. Elle a souvent l'air triste et semble traîner une peine immense. Comme il aimerait la prendre dans ses bras et la consoler. Mais il sait qu'il est inutile de s'y risquer. Il rentre à la base malheureux. Il a hâte de partir en permission et compte les jours qui l'en séparent.

Les amoureux, chacun de leur côté, calculent les jours restants avant de leurs retrouvailles. La première semaine de la rentrée s'étire en longueur, ils ne voient pas arriver le jeudi. Cette fois il se place de façon à être visible du haut de l'escalier du lycée. Elle cherche du regard la petite voiture bleue. Quand elle l'aperçoit son cœur se met à battre si fort qu'elle en a la respiration coupée. Elle se ressaisit. Elle ne doit pas lui montrer son impatience.

— Reste calme et vois ce qu'il va te dire.

Comme il m'a manqué, comme je l'aime, pense-t-elle

Thomas l'a vue, lui aussi et il pense, comme elle, à cet amour qu'il éprouve, cette joie immense qui le transporte. Et elle est là, devant lui. Il respire son parfum fleuri, il admire son visage, son corps.

— Comme tu m'as manquée, chuchote-t-il. Il n'ose pas l'embrasser.

— Toi aussi, tu m'as manqué. Comment vas-tu ? As-tu passé une agréable permission? Elle n'ose pas poser la question qui la taraude.

— Très agréable. Mes parents étaient ravis

de me voir après ces mois d'absence. Est-ce que je te ramène ou veux-tu prendre le bus ? Lui demande-t-il.

– Je veux bien rentrer avec toi.

Pendant tout le trajet, le silence est lourd, pesant. Elle voudrait savoir. Il voudrait parler mais il attend d'être près de leurs buissons complices. Au secret de leur petit coin si paisible, il lui dira tout. Il gare la voiture, prend une grande inspiration et se lance :

– Agathe, ma douce ainsi que je te l'avais

promis, je me suis expliqué avec Jane, mon amie. Je lui ai raconté notre rencontre, l'amour que tu as éveillé en moi, que c'est avec toi que je veux faire ma vie. Je lui ai dit que toi aussi tu m'aimais. Elle a pleuré mais cela ne m'a pas attendri. J'ai fait la même déclaration à mes parents. Ils ont été déçus mais ont compris. Voilà, tu sais tout.

Il a débité toutes ces phrases sans reprendre son souffle, trop peur de ne pas y parvenir s'il s'arrêtait.

— Merci de ta franchise. De mon côté, j'ai réfléchi, tout mis en situation.

— Qu'en est-il ressorti ? demanda Thomas, inquiet ?

— Que je t'aime trop pour te perdre.

Ils tombent dans les bras l'un de l'autre et échangent un baiser passionné. Ils sont heureux de nouveau, confiants en la puissance de leur amour.

Ils reprennent leur rencontre du jeudi. Et les mois passent dans l'euphorie de ces moments d'amour pur et puissant.

Mars approche et avec lui les giboulées imprévisibles et douces. Les gouttes de pluie qui font frémir la nature et pointer les premiers bourgeons, les premières fleurs.

Ce jeudi, quand elle le rejoint, Agathe le trouve bizarre, soucieux et... triste.

— Mon cœur, que se passe-t-il ? demande-t-elle. Tu me parais inquiet.

— Ma douce, je viens de recevoir, ceci, dit-il en lui tendant une lettre. C'est un ordre de mission.

— Un ordre de mission ? Tu dois partir ?

— Lors de mon incorporation et après mes classes, j'avais postulé pour un poste dans la coopération, à l'étranger. J'avais totalement oublié cette demande. Après tous ces mois, je pensais qu'elle était refusée. Elle vient d'être acceptée. Je dois rejoindre la base militaire française, de Douala, au Cameroun.

— Oh, non ! La jeune fille est en pleurs. Tu

vas me quitter pour combien de temps ?

– Je dois y terminer mon service mais dans

ce cas, il me faut prolonger de six mois. Je pars
pour neuf mois.

– Tu ne peux pas refuser ?

– Non, impossible. Il me faudrait une raison

majeure, grave pour l'annuler.

– Quand dois-tu rejoindre ta nouvelle

affectation ?

– J'ai une permission de huit jours pour

saluer mes parents. Je prends l'avion pour
Douala le 15 mars, à Villacoublay. Je quitte, Istres
demain.

Agathe, anéantie, ne prononce plus un mot.
Recroquevillée sur sa douleur, elle pleure en
silence. Que va-t-il advenir de son bel amour ?

Ce premier grand amour que ressent son jeune cœur va-t-il disparaître à jamais ?

— Que va-t-on devenir, murmure-t-elle. Si loin, tu vas m'oublier, trouver quelqu'un d'autre ?

— Mais non, tu es mon seul amour. Je ne t'oublierai jamais. Quoi qu'il advienne, je reviendrai. Et puis, nous nous écrirons. Je sais que cela ne remplacera pas la présence et nos moments si tendres mais nos sentiments seront mis à l'épreuve de la séparation.

— C'est un bien mince réconfort., lui répond -t-elle.

— Pourras-tu recevoir mon courrier sans que ton père ne se fâche ? demande Thomas.

— Comme il ne rentre pas le midi, je pense

que ma mère acceptera de placer tes lettres dans ma chambre, dans un endroit convenu.

Ils s'étreignent, échangent un baiser passionné. Le bus arrive. Agathe sort de la voiture qu'elle regarde s'éloigner, emportant son amour vers une destination lointaine. Elle ne veut pas y croire mais elle sait, elle sent qu'elle ne le reverra jamais.

* * * *

Fin Mars, la première lettre arrive du Cameroun. Thomas lui raconte son installation, l'ambiance de la base, l'accueil que le groupe lui a réservé mais surtout, il écrit :

— *Je pense à toi le jour, la nuit, tout le temps.*

Tu es la plus belle chose qui me soit arrivée. Je ne veux pas te perdre, je ne peux imaginer ma vie sans toi près de moi, car ma vie c'est toi. Je t'aime si fort, ma douce.

La jeune fille lit et relit cette lettre. Elle lui répond et lui raconte son quotidien au lycée, à la maison, ce manque qu'elle ressent, combien elle aimerait qu'il soit près d'elle, combien elle regrette leurs petites escapades du jeudi et leurs moments tendresse. Elle lui dit :

– *Mon cœur, je n'ai pas oublié ce jour où tu es entré dans ma vie. Avec toi, j'ai appris le sens du mot aimer, aimer d'un amour fou. Je t'aime du plus profond de mon âme. Tu me manques tellement. Je t'aime.*

La correspondance s'installe, une lettre par semaine. Elle vit au rythme de ce courrier qui lui parvient et qui lui redit son amour. En mai, la fréquence diminue, les mots ne sont plus aussi passionnés. Elle s'inquiète, il lui affirme qu'il pense toujours à elle, qu'il aimerait être près d'elle. Elle se rassure. En juin pas une lettre. Que se passe-t-il ? Et puis c'est le silence malgré ses envois hebdomadaires. La date de l'examen approchant, elle se lance à corps perdu dans ses révisions, occultant pour un temps l'angoisse qui l'a saisie. Elle se concentre sur son bac et l'obtient avec mention. Juillet reste lui aussi muet. Elle en conclut qu'il a dû rencontrer quelqu'un d'autre. « Loin des yeux, loin du cœur !», dit le proverbe. Elle est entrain de le vérifier à ses dépens.

Sa mère a compris qu'il se passait quelque chose entre sa fille et Thomas mais elle ne dit rien afin de ne pas rendre ces moments encore plus difficiles. Fin juillet, arrive une lettre qu'Agathe ouvre en tremblant. Elle lit et son cœur se brise. Ce qu'elle redoutait est là, sous ses yeux, écrit sur cette page.

Je suis désolé de ce long silence mais il m'était difficile de te dire ce qui se passe. Je sais que je vais te faire du mal mais je dois le faire. Ici, j'ai rencontré une jeune fille, la fille d'un militaire.

Nous avons sympathisé et nous sommes allés un peu loin dans notre relation. Ce que je ressens pour elle n'a rien à voir avec mon amour pour toi mais je vais être papa et je me dois de l'assumer. Tu resteras l'amour de ma vie, la plus belle chose qui me soit arrivée. Pardon.

Les larmes coulent, elle se met en boule sur son lit. Sa mère entre et sans un mot la prend dans ses bras et la berce comme lorsqu'elle était petite et qu'elle avait fait un cauchemar. Elle voudrait lui dire qu'elle est jeune, qu'elle aimera à nouveau mais à quoi bon, la douleur est trop forte.

— Laisse du temps au temps et tu oublieras !

lui chuchote-t-elle.

* * * *

Une porte s'est refermée. Son bel amour s'en est allé. Il a rejoint le chemin des adieux. Au fil des jours, doucement, en silence, il s'est perdu, dans le tourbillon de l'absence, dans des désirs inassouvis, des rêves inachevés. Noyé dans un brouillard de larmes, il s'est lentement estompé, éloigné, devenant peau de chagrin. Alors elle a fermé sa porte pour y cacher son cœur et pleurer en silence sur son bel amour perdu.

* * * *

La porte s'est refermée et son claquement la ramène dans le wagon.

– Qu'est-il devenu ? se demande-t-elle.

– *Il s'est marié ainsi qu'il te l'avait annoncé,*

des jumeaux sont nés. Revenu au pays, il a crée une entreprise d'électricité. Sa vie a été heureuse et puis cette vilaine maladie l'a terrassé. Il est mort à quarante cinq ans.

— Mourir si jeune, c'est triste. Comme j'aurais été malheureuse de le perdre.

— *Tu dois savoir qu'il a toujours gardé sur son cœur, avec l'autorisation de sa femme, la photo que tu avais donnée. Puis, il est monté au ciel avec elle. Jamais il ne t'a oubliée. Tu as été son grand amour.*

Une larme a coulé au souvenir de son premier grand amour, toujours présent dans un coin de son cœur.

* * * *

Elle repense à cette phrase qu'elle a lue un jour.

Écrite par *Serge GAINSBOURG,* elle disait

« *L'amour est un cristal qui se brise en silence.*»

* * * *

Depuis un moment, elle fixe la banquette en face d'elle. Le cuir rouge semble s'agiter sous son regard comme la muleta devant un taureau. Elle a fermé les yeux. Elle les rouvre et toujours cette sensation d'un appel. Pourquoi ? Quel est encore cette invitation et puis soudain elle sait.

Son cœur se serre à nouveau. Va-t-elle supporter de revivre encore cette douleur, cette souffrance qui l'a tenue vivante pendant de si longs mois?

* * * *

ROUGE

˙˙`\*•.,(¯`☆ ☆´¯),.•´˙˙`*•☆

Un fil rouge invisible relie ceux qui sont destinés à se rencontrer et ce, indépendamment du temps, de l'endroit ou des circonstances. Le fil peut s'étirer ou s'emmêler, mais il ne cassera jamais...

Sagesse chinoise

Avec sa réussite au bac et au concours d'infirmière, Agathe commence à tourner la page de son bel amour perdu. Le premier amour, celui que l'on n'oublie jamais et qui revient plus tard, paré de ses plus beaux atours. Le chemin a été long mais elle se remet lentement. Elle a fermé son cœur à double tour, ne se sentant pas prête à l'ouvrir à nouveau.

– Pour me tromper encore ? Pour souffrir une nouvelle fois ? Très peu pour moi ! dit-elle à sa mère qui lui demande si elle a un petit ami.

– Tu as raison ma chérie, mais ne sois pas

trop dure avec toi-même. Ton cœur guérira et un jour, celui qui t'est destiné, viendra y prendre sa place.

Présenter le concours fut un long combat. Son père refusait de signer son dossier d'inscription. Il était odieux, bourré de préjugés, d'idées toutes faites. Il pensait détenir, seul, la vérité.

– Ce *sont toutes des putes qui se baladent par les médecins dans tous les coins de l'hôpital ! disait-il*

Il fallut toute la persuasion de sa mère et sa menace à elle, de tout laisser tomber pour devenir caissière au supermarché pour qu'il plie enfin. *Sa fille, caissière, alors qu'elle est bachelière, quelle humiliation pour cet homme.*

* * * *

Sur sa banquette, la vieille femme s'est raidie. Ce qui défile sous ses yeux, lui rappelle l'intransigeance de son propre père. Un macho qui, lui également, avait refusé de signer son dossier et avait même refusé celui du permis de conduire.

– Que cet homme était difficile à vivre. Pas

méchant, pas brutal mais avec des idées d'un autre siècle. Pourquoi cette attitude totalement rétrograde ?

— *Peut être une envie d'être le maître, celui*

dont chacun devait dépendre, de la misogynie peut être. La peur aussi de ne pas maîtriser son environnement, chuchote la Voix. Tu trouves que cette histoire ressemble à la tienne.

— Totalement, je crois m'y reconnaître mais

je ne vois jamais le visage de cette jeune fille.

— *Souviens-toi que je t'emmène au pays de*

tes souvenirs. Donc..

— C'est de moi qu'il s'agit. Mon dieu, que

d'épreuves traversées ! Je commence à réaliser pourquoi, je suis devenue telle que je suis. Je n'avais rien oublié, juste tout enfoui au fond de ma mémoire.

Agathe fera sa formation à l'école de La Capelette. Elle décide de louer un studio sur Marseille pour ne pas avoir à faire les trajets en bus tous les jours, avec fatigue et dépenses à la clé. La première semaine, elle rentre tous les soirs, le temps nécessaire pour trouver un logement qui lui convienne, pas trop loin de l'école. Durant cette période, elle lie connaissance avec Justine, une étudiante habitant Aix et cherchant, elle aussi, un point de chute marseillais. Elles décident de se mettre en colocation. Cette association leur permettra de trouver quelque chose de mieux qu'un studio et moins coûteux.

La vie s'organise simplement. Les deux jeunes filles font partie du même groupe, ce qui facilite les choses. Elles ont aménagé leur logement de façon agréable : un endroit douillet où il fait bon travailler et du travail, elles en ont.

Si Agathe a fermé son cœur à l'amour, ce n'est pas le cas de Justine. Son amie a rencontré

David, un parachutiste, lors d'un bal où elle accompagnait son frère. Les vacances approchent enfin. L'année scolaire a été longue et intense. Pas de temps perdu pour s'amuser. Toute tournée vers ses études, Agathe ne pense qu'à son examen de fin d'année. Justine, parfois, lui demande de venir se promener avec eux,

– Arrête un peu de bosser comme une malade – *pas mal pour une future infirmière, plaisante son amie* – et viens t'aérer. Tu vas bientôt ressembler à une endive.

– Vous êtes mieux seuls pour passer un moment tendre. Inutile d'avoir à me traîner avec vous ! répond-t-elle à chaque fois.

Et puis, un après midi de juin, elle finit par accepter de les rejoindre à la plage. Le soleil inonde les Catalans, elle les trouve assis sur le sable mais ils ne sont pas seuls : un militaire les accompagne. David lui présente son ami Vincent. Ils appartiennent au même régiment.

Quel bel homme ! Grand, de beaux yeux noisette, une démarche toute en souplesse. Et puis sanglé dans son uniforme de para, il a tout pour plaire

la jeune fille est attirée par ce regard qui l'hypnotise. Elle en tremble. A-t-il remarqué ce frisson qui la parcourt ? Elle se ressaisit et joue l'indifférente, juste aimable ce qu'il faut. L'après midi se passe joyeusement et chacun regagne ses pénates.

— J'espère que nous reverrons bientôt, lui

souffle Vincent, en retenant longuement sa main.

— Peut être ! Nous verrons bien et tous cas,

ravie de vous avoir rencontré.

De retour à l'appartement, son amie la prévient :

— Méfie-toi de lui. C'est un tombeur, il ne

s'attache à aucune fille. Il prend les cœurs et puis les jette quand il lui semble qu'un peu trop de sérieux s'installe dans la relation ou ... qu'il a obtenu ce qu'il voulait.

— Pas d'inquiétude. Je saurai me protéger. Je ne suis pas encore totalement guérie du départ de Thomas et pas prête à me laisser séduire. « Chat échaudé craint l'eau froide », dit le proverbe.

— D'accord, mais sois sur tes gardes. Il nous a semblé que tu l'intéressais.

Leurs promenades sur la Corniche deviennent un rituel. Ils se retrouvent tous les quatre sur le sable. Ces messieurs posant leurs têtes sur les genoux des filles. Vincent est attentionné, amusant et quand il la couve de son regard d'ambre, elle sent son cœur qui s'affole, de nouveaux papillons l'envahissent.

Finalement, il réussit à ouvrir son cœur. Il la rejoint à l'appartement et doucement, sans l'effrayer, une relation amoureuse s'installe. Elle a ouvert son cœur à ce nouvel amour. Vincent est plus âgé qu'elle, c'est un homme sûr de ses sentiments. Il n'exige rien de plus que ce qu'elle lui accorde. Il est patient. Un soir, il arrive, l'air préoccupé. Justine et David sont au restaurant.

— Que t'arrive-t-il, chéri ? demande Agathe.

— Je pars demain pour une mission de quatre mois en Bosnie.

— Oh ! Non ! Elle se jette dans ses bras. C'est dangereux, c'est la guerre. J'ai peur.

— Calme-toi. Il la serre contre lui. Je serai prudent. Je reviendrai.

Agathe se dit qu'elle revit la même scène qu'avec Thomas, mais lui ne partait pas au combat. Vincent va mettre sa vie en danger en participant à cette guerre. Ils passent la soirée enlacés, échangeant des baisers et des caresses, s'emplissant le cœur et les yeux de l'autre.

— Tu m'écriras ? demande-t-elle

— Tu sais, mon amour, écrire n'est pas mon

fort, mais j'essaierai. Et puis tu auras des nouvelles par David.

— Il ne part pas avec toi ?

— Non, seule ma section est engagée. Donc

des informations arriveront à la caserne et ainsi tu seras tenue au courant des événements. Je dois partir maintenant. Nous quittons Marseille de bonne heure demain matin et il me faut préparer mon paquetage.

Dans un dernier baiser, il essuie les larmes qui roulent sur ses joues. Il s'éloigne sans se retourner, en proie à une émotion dont il ne se serait jamais pensé capable. Cette femme lui a volé son cœur et il est heureux de ce cambriolage si doux.

– Je reviendrai, se persuade-t-il. Je ne veux

pas la perdre.

Et il se fond dans la nuit qui le dérobe au regard d'Agathe, restée sur le pas de la porte.

* * * *

Quinze jours après le départ de Vincent, une lettre arrive. Ses mains tremblent en l'ouvrant. Agathe lit et relit ce court message qui lui met du baume au cœur.

– *Mon cher amour,*

Tu es la plus belle chose qui me soit arrivée dans la vie. Je pense à toi jour et nuit, à nos baisers, à nos caresses. Je me souviens avec émotion de notre première rencontre. Moi, l'homme sans attache et n'en voulant pas, tu as conquis mon cœur dans un seul regard. J'aime tout chez toi, ton visage, ton corps, ta gaîté, ta simplicité, ta sincérité. Je t'aime de tout mon être. N'en doute jamais. Tu me manques terriblement. J'ai hâte de sortir de cette folie pour te retrouver et te serrer dans mes bras. Tu sais que je ne suis pas bavard et écrire n'est pas mon fort. Alors chérie, conserve cette lettre et relis-la chaque fois que je te manques. Je reviendrai, je te le promets et nous serons de nouveau heureux.

Je t'aime

Quel beau message. Il sera le seul qu'elle recevra. Régulièrement David lui donne des nouvelles. Cela la réconforte même si elle aimerait un autre courrier. Un matin, comme elle s'apprête à quitter l'appartement, le téléphone sonne. A l'autre bout du fil, la voix de David, affolé. Son cœur s'arrête. Que va-t-il lui annoncer à cette heure matinale ? Elle imagine le pire.

— Agathe, Vincent a été blessé. Il vient

d'arriver à Lavéran en attendant son transfert. Si tu veux le voir, c'est maintenant. Prépare-toi, je viens te chercher.

– Oh ! Mon dieu ! s'affole la jeune femme.

C'est grave ?

– Je n'en sais rien.

– Je t'attends.

* * * *

Dans une vaste salle de l'hôpital, les brancards sont alignés, prêts à être conduits vers l'avion qui doit les ramener à Paris. Les blessés attendent l'embarquement, ils sont transférés sur la capitale et seront soignés à l'hôpital militaire du Val de Grâce.

Agathe aperçoit enfin Vincent et son cœur s'arrête, elle s'agrippe à David. Son bel amour gît, là, sur un brancard les deux bras plâtrés, des traces de sang éclaboussent encore son son front et ses joues. Malgré la douleur, il lui sourit de ce sourire merveilleux qui illumine son visage et ses yeux.

— Ma chérie, tu es venue ! Je ne pensais

pas te revoir avant mon départ. Merci David de me l'avoir emmenée.

— Je vous laisse, dit le jeune homme. Je

reviens te chercher dans une heure.

Il s'éloigne laissant les amoureux à leurs derniers baisers, à leurs dernières promesses.

— Je reviendrai, je te le promets. Je ne veux

pas de perdre. Je serai longtemps absent comme tu peux le voir mais je reviendrai pour toi.

— M'écriras-tu ? demanda Lucile.

— Je ne serai pas en état de le faire pour

quelques mois et puis tu le sais bien, écrire n'est pas mon fort.

– Je n'aurai pas de tes nouvelles. Vais-je pouvoir supporter ce silence ?

Elle pleure. Elle sait déjà que l'histoire recommence et qu'elle va perdre cet homme qu'elle aime tant. Des brancardiers arrivent. Il est tant d'embarquer. Un dernier baiser et elle voit s'éloigner Vincent dont les yeux s'emplissent de larmes et qui murmure « Je reviendrai ».

* * * *

Encore une porte se referme sur cet amour blessé. Perdu à tout jamais dans la plainte des jours. Amour inachevé, amour incomplet. Un cœur qui se noie au chagrin de la vie, cette vie si cruelle qui vous broie, vous détruit. Englouti les espoirs, les projets au fil du temps qui fuit. Englouti au puits d'incertitude, de solitude. La porte de son cœur fermée à double tour, elle avance dans ce chemin caillouteux où chaque souvenir la blesse au plus profond de l'âme.

— *Ne sois pas triste, lui chuchote la Voix. Il*

t'aimait profondément et aurait donné sa vie pour toi. Mais le destin n'a pas voulu vous réunir. Il est parti au loin, contraint par son métier et toi, tu t'es mariée.

— Dix-huit mois sans nouvelles, comment ne pas penser qu'il m'avait oubliée ?

— *C'est vrai mais il n'était pas responsable.*

Sa blessure, son hospitalisation, sa ré éducation puis sa mutation, ne lui ont pas permis de revenir vers toi. Et tu sais, qu'écrire n'était pas facile pour lui.

— Mais un mot écrit par une infirmière, un copain, m'aurait suffit. Qu'est-il devenu?

— *Il a appris ton mariage et a demandé à partir à l'étranger. Il a été muté au Sénégal où il a eu quelques problèmes de discipline.*

— Lui, le plus respectueux des soldats ? s'exclame-t-elle. Impossible.

— *Pourtant c'est la vérité. Il était très mal, très malheureux*

— A cause de moi ?

— *Bien sûr. N'oublie pas cette chaîne et cette médaille d'amour qu'il t'a offertes par l'intermédiaire d'un de ses amis.*

— Je m'en souviens. Je l'ai portée longtemps. Et ensuite ?

— *Il est rentré en France, a été nommé dans* une école pour former de jeunes recrues. Il y a rencontré une jeune femme qu'il a épousée. Ils ont eu une fille. Il est décédé, il y a quelques années.

— Tous mes amours sont partis rejoindre les anges. Qu'ils soient heureux.

* * * *

Le chagrin amoureux est l'une des plus éprouvantes blessures que nous ayons à combattre car il doit être vaincu seul et surtout dans le plus grand des silences. »

Yves SIMON

•*˙˙`*•.,(¯`☆ ☆´¯),.•´*˙˙`*•☆

BLANC

¨`*•.,(¯`☆ ☆´¯),.•´¨`*•☆

Parfois ton cœur a besoin de temps pour
accepter ce que ton esprit sait déjà.

Anonyme

Pour se faire quelque argent pour aborder plus sereinement sa dernière année d'études, Agathe travaille dans un petit bar, en bord de plage. On vient y manger et le dimanche, esquisser quelques pas de danse. L'ambiance est agréable, les clients sympas, les patrons adorables.. Il y a aussi Manu et Clémentine, les enfants du propriétaire qui aident parfois. Sous la terrasse du bar, des hangars à bateaux. L'un d'eux a été transformé en un cabanon. Cinq aviateurs l'occupent. Ils l'ont baptisé « La cage aux lions ». Parmi ces lions, il y a Jules, son futur époux - *mais elle ne le sait pas encore..* Celui qui l'intéresse, c'est Arthur. Mais sans plus. Là encore, la cicatrice est encore trop à vif et profonde pour qu'elle s'attache à quelqu'un. Agathe pense qu'elle a peur de me lier, peur de souffrir, peur encore de tout perdre.

En octobre, pour de la fermeture du café, Jean Luc, le patron réunit tout le monde pour un dernier repas et bien sûr les aviateurs qui parfois lui donnaient un coup de main pour la mise en place des tables. La jeune fille est assise à côté de

Jules. Il est gentil, calme. Leur histoire commence ce jour là. Très vite ils se fiancent puis se marient.

Pourquoi lui alors que tant d'autres lui tournent autour ? Peut être son aspect rassurant, peut être son envie de s'engager envers elle. Peut être aussi mon instinct maternel qui lui fait ressentir de la tendresse pour cet être qui a vécu tant de choses difficiles dans sa vie. Elle ne peut pas l'expliquer. Peut être aussi son envie d'oublier et de faire comme ses copines qui se marient les unes après les autres. Peut être aussi le besoin de se libérer des interdits de mon père. Bref, elle n'en sait rien. Sans doute un cocktail de tous ces sentiments.

Jules lui a raconté avec des sanglots dans la voix la mort de sa mère, puis celle de sa grand mère. Le remariage de son père avec une femme dont il était devenu le souffre douleur. Comment ne pas ouvrir son cœur à cet homme blessé, redevenu pour le temps des confidences un petit garçon éploré.

— Tu m'aimeras toujours ? supplie-t-il

— Aussi longtemps que nous vivrons,
répond-telle.

Une robe blanche, un uniforme bleu marine et une coiffe blanche, ils sont beaux les mariés. Sur les marches de la petite église, leurs amis aviateurs forment une haie d'honneur.

Les voilà en route pour une vie à deux !

* * * *

– Pourquoi si peu de détails sur cette

relation ? Sur ce nouvel amour ? demande
Agathe à la Voix.

– *Parce qu'il n'y a rien à en dire. Cette vie que*

vous allez partager, va durer longtemps, bien au-
delà de tes rêves les plus fous. A travers tempêtes
et beaux jours, vous cheminerez l'un à côté de
l'autre, vous aimant tantôt bien, tantôt mal.
Mais c'est cela la vie d'un couple.

– Tout au long d'une vie. Je ne m'en serais

pas crue capable .

– *Et pourtant tu l'as fait, protégeant cet*

homme au détriment de ta propre vie, de ta
propre existence. Tu as supporté tous les
problèmes, lui évitant ainsi les soucis qui ont fait
que tu t'es volé tes propres envies, tes propres
rêves.

Le voyage se poursuit et le ciel s'assombrit à la fenêtre du wagon. Des éclairs foudroient l'espace et le tonnerre gronde .

– Tout est gris ! constate -t-elle ! Que ce

passe-t-il ? Que veut me dire cette sombre couleur ?

Soudain la pluie tambourine à la vitre...

* * * *

GRIS

¨`*•.,(¯`☆ ☆´¯),.•´¨`*•☆

« Face à la maladie, l'être humain prend conscience de l'importance de la vie.»

Albert Zilevou

Une averse de gouttes rafraîchissantes coule sur son corps moite. La journée a été suffocante et elle apprécie cette douche presque froide qui ruisselle. Elle s'abandonne à cette sensation de bien-être qui l'envahit.

En étalant la mousse du gel douche sur ses seins, elle décide de faire cette palpation qu'elle fait régulièrement. Elle chantonne doucement.

– Le droit, tout va bien, rien à signaler. Passons au gauche.

Et là, arrêt sur image. Point de suspension... Cette grosseur qui s'installe sous ses doigts, cette boule qui roule sous la peau. Qu'en penser sinon le pire ?

– Bon, ne t'affole pas ! se dit-elle. Attends quelques jours et recommence. Ensuite, va voir Françoise – *c'est leur médecin qu'elle et Jules, son mari, appellent ainsi.*

Contrôle refait pour le même résultat, elle consulte Françoise. Pas de tergiversations. Branle-bas de combat ! Tout le monde sur le pont. Radio, échographie puis le radiologue l'invite à attendre un peu que Guillaume, l'oncologue, la voie ainsi que les résultats des examens pratiqués. Au vu des radios et échos, rien de méchant mais soyons prudents et confirmons ça par une biopsie. Que tous ces mots font peur. Elle tremble mais ne laisse rien paraître. Le claquement d'un coup de feu et la carotte ressort de son sein. Voilà qui est fait, il n'y a plus qu'à attendre les conclusions.

Elle sera longue cette attente. Trois semaines à s'interroger, à se morfondre, à envisager le pire. Son anniversaire approche. Lui fera-t-on le cadeau d'un « c'est bénin »?

– *Rien de méchant, lui confirme Guillaume. Cependant il faut enlever la grosseur et la faire analyser pour, une fois encore, éviter de passer à côté de quelque chose de plus sérieux. Je programme l'intervention pour le 10 octobre.*

Voilà, c'est fait. Tout a été bouclé en un mois. Reste maintenant le plus difficile à faire : l'annoncer aux enfants. Mais comme c'est une bonne nouvelle, ils comprendront qu'elle ait attendu avant de le leur dire.

Ce dimanche, toute la famille est réunie pour la fêter. C'est son anniversaire. Elle demande leur attention et

– Je me fais opérer le 10 octobre. J'ai une grosseur dans le sein gauche...

Elle ne peut pas finir sa phrase que les pleurs éclatent, ses oisillons s'égayent dans la maison et quelqu'un lui demande

– Et quand comptais-tu nous le dire ?

– J'attendais les résultats de la biopsie : la tumeur est bénigne. Ainsi je pouvais vous donner la bonne nouvelle.

Ouf ! Moins dur que prévu mais terrible à entendre pour les enfants. Chacun lève son verre pour mettre fin à l'angoisse. Les sourires reviennent. Mais le bout du chemin n'est pas encore atteint.

* * * *

Opération réussie. Pas de problème particulier. Rendez-vous dans quinze jours pour un contrôle et les résultats de l'Anapat. La vie reprend son cours. Et puis le couperet tombe. C'est un cancer. Nouvelle opération pour enlever les ganglions sentinelles afin de supprimer tout risque de métastases. De ce côté là, tout va bien. Et la voilà partie pour trente séances de radiothérapie.

Des moments particuliers, allongée, torse nu et bras au-dessus de la tête sous une grosse machine qui tourne autour d'elle dans un ronronnement grave. Trente séances avec juste un repos le week-end.

Ses taxis-boys – elle descend tous les jours à la clinique en taxi – sont tous sympas surtout un avec qui le premier contact a été un peu tendu.

Il y a aussi les manipulatrices -Les fées de la radiothérapie – comme elle les nomment et le Docteur François, le radiothérapeute. Tous ces gens bienveillants, à l'écoute, font que tout son traitement se déroule dans les meilleures conditions.

Le bout du tunnel est atteint. Finies les séances et pas de traitement par voie orale. Juste une surveillance attentive.

Le docteur François, après un dernier examen, la reconduit vers la sortie, retient sa main un moment puis lui dit en la prenant par l'épaule :

– Je vous félicite. Vous avez été très courageuse. Bonne continuation à vous.

– Je vous remercie moi aussi pour tout.

Presque du regret de ne plus le voir. Mais juste un effleurement. Ouf, la fin approche. Yes !

Ils sont tous gentils, attentifs, attentionnés mais elle sera mieux dans son environnement. Plus que deux jours et vive la liberté. Enfin presque.

Il faudra un suivi de cinq années avant d'être certaine que tout a disparu et que la vilaine et sournoise bestiole n'est plus tapie dans un coin de son corps, prête recommencer sa danse macabre.

* * * *

– Pourquoi ne me montres-tu que des instants difficiles, tristes, malheureux ? demande Agathe
– *Parce qu'ils font partie de cette vie qui a été la tienne et que tu les portes au fond de toi comme autant de blessures qui n'ont pas guéri, répond la Voix.*
– Vas-tu encore me montrer des moments aussi durs?
– *Encore un dernier. Regarde*

NOIR

¨`*•.,(¯`☆ ☆´¯),.•´¨`*•☆

« Tu n'es plus là où tu étais,

mais tu es partout là où je suis.»

Victor Hugo

☆•*¨`*•.,(¯`☆ ☆´¯),.•´*¨`*•☆

« Ce qui compte, ce ne sont pas les années

qu'il y a eu dans la vie.
C'est la vie qu'il y a eu dans les années.»

Abraham Lincoln

☆•*¨`*•.,(¯`☆ ☆´¯),.•´*¨`*•☆

Agathe - Mercredi 13 janvier 2016

Jules, tu es hospitalisé depuis trois jours et je sens que tu ne veux plus lutter. Alors...

Je vais écrire ici tout ce que je ne sais pas dire à haute voix.

Oui, je suis en colère contre toi parce que tu n'as pas fait les efforts voulus pour éviter la maladie, je suis en colère parce que tu ne fais plus rien pour sortir de ce mauvais pas.

Pourtant je ne veux pas que tu partes. Qui va lire mes poèmes, mes histoires avant tout le monde ? Avec qui est-ce-que je vais me disputer, jouer les méchantes pour essayer de te faire réagir ?

Tu n'as pas le droit de me laisser continuer seule sur ce chemin qui est le nôtre depuis bientôt 57 ans. Nous avons eu des hauts et des bas. Je me suis sentie seule bien souvent mais au final tu étais présent et cela comptait plus que tout le reste.

Pardonne-moi si je suis parfois difficile, dure mais je n'ai jamais pu exprimer mes sentiments, on ne me l'a jamais appris. Je pense que c'est pour cela que je suis parfois fermée.

Alors fais un effort, mange, soigne toi bien et récupère. Nous avons encore plein de choses à faire ensemble pour le temps qui nous reste.

Même si je ne le dis jamais, pense que je t'aime aussi.

Ta chérie .

Alors, pour lui, pour conjurer sa peur d'une issue fatale qu'elle pressent, elle écrit quelques poèmes pour lui, quelques textes pour elle.

Quand la vie se fait dure...

Pour ne pas entendre quand hurle le silence
Il faut l'oreille sourde et le cœur en morceaux
Pour ne pas entendre quand hurle la souffrance
Il faut le regard vide et une âme en lambeaux

Une histoire s'achève, après bien des détours
Périlleux voyage pour ce cœur en errance
Cet être papillon aux ailes de velours
Son âme déchirée par la désespérance

Un chagrin immense, submergé par la brume
Une douleur sans nom, un chagrin oppressant
Gestes dérisoires dans ce monde posthume
Un sentier qui conduit au rivage mouvant

Sur l'écume des jours qui poursuivent leur route
On veut croire au chemin de la sérénité
Effaçant les erreurs, et les peurs et le doute
Pour une fin de vie dans la tranquillité.

* * * *

Les chemins de hasard au pays de Nulle Part

Je marche solitaire au chemin quotidien, ne cueillant plus les fleurs que la vie m'offre encore. Leurs parfums ne grisent plus mon âme assoupie dans la torpeur de son décor. J'avance lentement vers mon dernier carrefour pas encore sûre du choix des derniers instants, seule pour ce nouveau parcours.

Devant moi s'ouvre une forêt de jours. Timides, quelques rayons de soleil traversent sa sombritude. Juste de quoi éclairer un bout du sentier, juste un petit bout du chemin perdu dans les broussailles du présent. Dans mon dos je sens se refermer les portes du passé. Elles claquent dans le vent des regrets qui se lève rageur et bruyant.

Dans son souffle des voix murmurent des paroles presque inaudibles. J'en perçois des bribes :

– Qu'as-tu fait de ta jeunesse ? Qu'as-tu fait de tes amours ? Pourquoi oublies-tu tout ce qui t'a faite telle que tu es, pourquoi te laisser enfermer aux murs de solitude, pourquoi t'arrêter au bord de la vie ?

Pourquoi ? Parce que je n'ai plus envie de me battre, parce que la vie m'a volé mon passé, broyé mon présent, anéanti mon futur. C'est ma vie au jour le jour, il est trop tard pour m'en éloigner.

Alors je rejoins mes chemins de hasard dans mon pays de Nulle Part. Et je m'évade sur les ailes de mes rêves inventés, espérés, oubliés. Mon pays de Nulle Part est celui de tous ces espoirs inassouvis, égarés dans le quotidien ronronnant ou encore fracassés sur le mur des habitudes et de la routine. J'aime à m'y retrouver le plus souvent possible. Une bulle pour moi seule. Je l'ai inventée et je l'entretiens avec tout l'amour qui reste au fond de mon cœur.

J'ai semé au bord de mes fossés, les fleurs qui parfumaient mes hier, planté des arbres où mûrissent mes regrets, des buissons de souvenirs qui jalonnent mes demains. Je respire de ci, delà les effluves de l'enfance. Comme elle était douce et insouciante. Comme mon ciel était bleu et les vagues de la mer soyeuses sous mes pieds.

Je m'isole au pays de Nulle Part. Je m'invente une vie en rose et en douceur. J'y trouve le repos, la sérénité du cœur, l'apaisement de l'âme.

Personne ne vient troubler mon espace irréel, suspendu entre rêve et réalité. Je m'y ressource pour pouvoir avancer, pas après pas, jour après jour, vers la fin du chemin de ma vie.

Au sommet de la falaise de mon temps, je lance aux mouettes moqueuses les cailloux du chemin parcouru. Elles iront les engloutir dans l'océan de l'incompréhension, dans les abysses profonds des gestes inutiles, des retours en arrière impossibles.

C'est mon pays de Nulle part, mon havre de paix, mon auxiliaire de vie.

* * * *

Le vendredi 27 janvier 2016, Jules rendra son dernier souffle entouré de tous. Agathe poursuivra son chemin seule.

ADIEU

Nous sommes réunis pour l'ultime adieu

Tu vas rejoindre au ciel ta maman, ta mamie

Elles ouvriront leurs bras tout là-haut dans les
cieux

Elles qui t'ont manqué tout au long de ta vie.

Tu emportes avec toi ce morceau d'existence

Que nous avons vécue durant un si long temps

Nous avons traversé des remous en silence

Notre barque jamais n'a perdu ses haubans.

Un chapitre s'ouvre, j'y serai solitaire

Traversant le désert, vivant d'autres moments

Écrivant mes émois et pour ne pas les taire

Des instants incomplets, des instants différents.

Une étoile au ciel brillera dans la nuit

Veillant depuis l'espace et protégeant encor

Cette partie de moi qu'un jour tu as choisie

Il s'envole avec toi, ce précieux trésor.

Agathe

Agathe - Mercredi 3 Février ...

Ce n'est qu'un au revoir...

Voilà la boucle est bouclée.

Ces quatre derniers jours ont été des jours d'amour pour toi, pour moi, entre eux tous qui se sont serrés les uns contre les autres, réconfortés, consolés. Ils ont été des jours de pleurs, de sanglots mais aussi des jours de rires, de fous rires, d'intense bonheur malgré le chagrin. Chacun a raconté une anecdote, un souvenir dans lequel tu avais, bien sûr, le rôle principal.

La cérémonie d'hier a été d'une grande simplicité. Les petits enfants regroupés autour du micro ont lu, pour ceux qui le pouvaient, un texte qu'ils avaient écrit exprimant leur amour, le bonheur de t'avoir eu pour papy et le chagrin de t'avoir perdu. Les autres que les ont écrits simplement avec tout leur amour.

Aujourd'hui derniers moments au bord de l'eau, sur les rochers où tu aimais pêcher. Nous t'avons rendu à la mer dans une brassée de roses. Même tes arrières-petits-enfants étaient présents, surtout le plus grand qui réalise combien tu vas lui manquer.

Le vent soufflait, il faisait froid mais nous avions tous chaud au cœur. En cercle, bras dessus, bras dessous, nous avons chanté les chansons que tu aimais.

Les corons - Mon vieux - L'aigle noir

You'll never wak alone -

et quelques autres.

Et puis nous sommes rentrés, apaisés, heureux de t'avoir offert tout cet amour. J'espère que tu l'as ressenti.

Tu laisses une famille triste mais soudée, fière de t'avoir eu comme mari, père, grand père et arrière grand père et riche de tout cet amour exprimé et ressenti.

Se referme la porte de notre vie passée. Demain il me faudra en ouvrir une nouvelle derrière laquelle ton souvenir vivra.

Sois heureux là où tu es avec ceux que tu aimais.

* * * *

Texte d'Agathe – Et demain...

Je marche sur un chemin pavé d'incertitude. Dans la brume matinale de la solitude, il me faut avancer vers d'autres matins, d'autres lendemains. Mon paysage a changé et je ne vois plus se profiler l'horizon au lointain. J'erre dans la maison, j'ai perdu mes repères. Le silence assourdissant anime mon décor. Le vide se fait néant puis trou béant où je vais m'engloutir et disparaître.

Quelle est dure à supporter l'absence de mon autre qui a partagé la plus grande partie de ma vie. Je n'ai pas encore intégré qu'il ne reviendra plus, que nos chamailleries ne briseront plus l'atmosphère ouatée de notre logis. Je tourne en rond, même ma muse s'est éloignée. Le goût d'écrire ne me vient plus. Parfois d'un mot jailli une étincelle que je m'empresse de coucher sur le papier avant qu'elle ne s'égare dans les limbes de mon cerveau.

Une porte s'est fermée en ce vendredi soir sur notre vie à deux et je demeure seule face à cette autre que je n'ose pousser.

Qu'y-a-t-il derrière ? Que me réserve ce nouveau chapitre de cette existence que je vais devoir écrire seule?

Oh, bien sûr je ne suis pas esseulée. Je suis bien entourée, mes filles, mon fils, mes petites filles, mes petits gars, mes arrières seront là pour faire vivre, chanter et rire les murs de la maison. Mais quand le calme revient, que l'agitation s'apaise, je suis seule.

Pourrai-je reprendre une vie sociale abandonnée depuis tant d'années ? En aurai-je la force ? En ai-je envie ?

Il est prématuré de vouloir que tout aille bien. C'est impossible, rien ne peut effacer tous ces mois, toutes ces semaines, toutes ces journées à t'aider , à m'occuper de ton bien être, à te voir t'affaiblir sans ne rien pouvoir faire. Qu'ils ont été durs tous ces moments : devoir faire le gendarme pour que tu manges un peu, pour que tu acceptes de ne plus pouvoir être ce que tu avais été. J'ai le cœur meurtri d'avoir dit des mots méchants parfois pour que tu réagisses. M'as-tu pardonné ce que je pensais faire pour ton bien ?

Tu as finalement et définitivement cessé de te battre pour une vie qui devenait pour toi insupportable.

Et me voilà solitaire face à un avenir dont je n'ai pas encore défini les contours.

Je me blottis dans mon passé. J'attends...

« Le bonheur, ça se crie,

la tristesse, ça s'écrit »

Anonyme

* *

« Il est des chagrins qui n'ont ni plaintes ni
larmes »

Sophie Cottin

* *

« Le silence a le poids des larmes »

Louis Aragon

* *

« Les souvenirs sont du vent,

ils inventent les nuages »

Jules Supervielle

ARC-EN-CIEL

˙˙`\*•.,(¯`☆ ☆´¯),.•´˙˙`*•☆

« La vie est comme un arc-en-ciel :
Il faut de la pluie et du soleil
Pour en voir les couleurs. »

Auteur inconnu

Contre la vitre du wagon, la pluie a cessé de battre tambour. Les yeux rougis par les larmes qu'elle a laissées couler durant cette évocation, Agathe n'arrive pas encore à réaliser qu'elle ait pu écrire de telles textes. Elle avait oublié qu'elle aimait écrire et depuis quelques mois n'en éprouvait plus l'envie ni le besoin.

A la fenêtre, dans le paysage qui défile sous ses yeux, un magnifique arc-en-ciel vient illuminer le ciel.

– Quelle beauté ! dit-elle, admirative. Comme si le ciel voulait effacer tous mes chagrins.

– *Que signifie-t-il pour toi, chuchote la voix. Cela ne t'évoque rien ? Y a-t-il dans ta vie quelque chose qui pourrait ressembler à ça ?*

– Non ! Je ne vois pas.

– *En es-tu sûre ? Écoute ton cœur et tu vas trouver.*

Agathe a fermé les yeux. Elle revoit tous ces instants bonheur qui pourraient prendre place dans cet arc-en-ciel.

– Oh! Oui mes Loulous et mes Louloutes

– *C'est bien eux. Ils illuminent ton parcours de leurs sourires et de leur amour. Regarde ce que tu as écrit pour eux.*

Agathe - Mars 2016

Mes louloutes, mes Loulous,

Vous êtes mon arc-en-ciel. Nous partageons des instants merveilleux et je suis la plus heureuse des mémés de pouvoir profiter de ces moments privilégiés. Qu'il est doux de sentir vos petits bras me serrer et vos tendres bisous déposés sur mes vieilles joues.

Vous êtes le couronnement de cette vie qui aura été la mienne, et j'apprécie le temps passé avec chacun d'entre vous. J'ai ce bonheur unique de vous avoir et de profiter de vous alors que je suis encore assez en forme pour savourer tous ces petits instants de bonheur qui, mis bout à bout, forment le plus beau puzzle que la vie puisse offrir à une Mémé. Bien sûr, je dédie aussi ce teste à vous, mes petits-enfants devenus grands. Vous m'accompagnez sur le chemin qui conduit au bout du voyage et le poursuivre avec vous ne me fait pas peur. Vous êtes mes repères, mes bouées. Je sais pouvoir compter sur chacun de vous et c'est tellement rare en ces temps d'égoïsme et de chacun pour soi.

Je n'ai pas peur de la suite de ma vie. Elle aura été, par vous et grâce à vous, une existence remplie de joie et de bonheur.

* * * *

« Un beau soir l'avenir s'appelle le passé.
C'est alors qu'on se tourne
Et qu'on voit sa jeunesse. »

Louis Aragon

– Tu es certaine que c'est moi qui ait écrit toutes ces choses ? demande-t-elle à la voix.

– *Oui, c'est bien toi. Et tout ce que tu viens de revivre sous le nom d'Agathe est bien ton histoire.*

– J'avais oublié tant de moments difficiles ou heureux. Merci de m'avoir accompagnée dans ce voyage dans le temps.

Retour vers le présent

Un bruit soudain la fait sursauter. Elle frissonne et ouvre les yeux. Que fait-elle là, nue devant sa glace, face à son image. Que s'est-il passé ? A-t-elle rêvé ce voyage au pays des souvenirs ? A-t-elle vraiment franchi le pas et traverser le miroir ? Son rêve n'était-il qu'un rêve qui s'estompe doucement dans les lueurs du jour qui se lève ? Comment le savoir ? Est-ce son esprit qui a tout inventé dans cette somnolence qui s'est emparée d'elle au point qu'elle en a oublié l'instant présent ? Ce songe s'amenuise lentement, s'efface de sa mémoire et pourtant elle ressent en elle une paix infinie, une émotion encore violente, un parfum délicat. Elle revoit son visage, sent la caresse de ses doigts dans ses cheveux, le goût de ses lèvres sur sa bouche. Elle referme ses yeux sur ce mirage ne voulant pas qu'il s'enfuit. Son cœur a encore tant d'amour à donner. Oh ! Bien sûr de l'amour tendresse, de l'amour caresse, celui qui se contente de deux mains enlacées, d'un coin d'épaule pour se reposer, d'un baiser juste posé du bout des lèvres. De l'amour, rien que de l'amour, sans la folie de la passion, sans les corps à corps, les joutes amoureuses qui vous épuisent. Non, juste cette émotion, ce don total de soi. Tout ce qu'elle aimerait encore donner.

La vie est cruelle souvent qui sépare les êtres qui s'aimaient tendrement sans rien d'autre que des moments simples et tranquilles. Un banc face à la mer, des chevelures emmêlées par la brise marine, une épaule solide et reposante où nicher sa tête. Il ne saura jamais combien elle aurait aimé le garder près d'elle plus longtemps.

Ses amours n'ont pas été très nombreuses mais chacune d'elles a laissé une trace dans un coin de son cœur. Elle pense que c'est normal .

Toutes ces rencontres et les moments de bonheur ou de désespoir qu'elles ont générés, l'ont façonnée, faite grandir et fait s'enfouir au plus profond de son inconscient d'autres instants beaucoup plus douloureux qui ont fait d'elle quelqu'un de différent.

Mais qu'importe ! Le temps a passé. Beaucoup d'eau a coulé sous le pont de sa vie, rejoignant la mer ou l'océan, emportant avec elle tous ces moments sans jamais les effacer totalement. On peut vivre sa vie et ne jamais oublier. On la poursuit jour après jour parce qu'il faut avancer. Mais quand vient le temps de la vieillesse, tout revient en mémoire et le film de son histoire défile sur l'écran de ses jours qui fuient.

Les rêves ne sont plus que des souvenirs Parfois inachevés mais la vie est ainsi faite qu'il faut en accepter tous les risques.

Une porte s'est ouverte. Il lui faut franchir le pas, poursuivre ce nouveau chemin vers ce pays d'où on ne revient jamais. Sans crainte, attendre que se referme cet ultime passage et croire en une vie nouvelle et apaisée.

Dans le miroir, son image s'efface lentement. Elle a atteint le bout de son chemin.

La porte s'est fermée sur ses années perdues, dans les limbes des rêves, des espoirs disparus.

☆•*¨`*•.,(¯`☆ ☆´¯),.•´*¨`*•☆

« Aimer, c'est vivre, aimer, c'est voir,

aimer, c'est être.

Être aimé de toi, c'est posséder

tout à la fois.»

— Victor Hugo

CONFIDENCES

Lao Tseu a écrit cette belle histoire que je vous résume pour en retirer l'essentiel pour moi.

« *Un pauvre chinois suscitait la jalousie des plus riches du pays parce qu'il possédait un cheval blanc extraordinaire. Chaque fois qu'on lui proposait une fortune pour l'animal, le vieillard répondait :*

« *Ce cheval est beaucoup plus qu'un animal pour moi, c'est un ami, je ne peux pas le vendre.* »

A chaque nouvel épisode concernant l'animal, il trouvait une formule adaptée .

- *Peut-on connaître le contenu d'un livre en ne lisant qu'une phrase ?*

- *La vie se présente par petits bouts, nul ne peut prédire l'avenir.* »

- *Dieu seul sait si c'est un bien ou un mal.*»

Cette histoire très connue a le mérite de relativiser en permanence un fait ou un événement en fonction du contexte qui l'entoure...

Nous avons tous un cheval blanc mais veut-il nous conduire quelque part où simplement nous apprendre à voyager.

Quelle belle histoire et quelle belle morale. Saurons-nous un jour ce que la vie nous réserve? Jamais sans doute. Nous avançons suivant un chemin que l'on trace selon nos désirs, nos besoins du moment, nos convictions et notre perception du monde et des gens. Faisons-nous toujours les bons choix?

Ces moments-émotion que je viens de revivre pour vous, m'ont appris à observer différemment les choses et les gens. Je porte un autre regard sur ceux que j'aime et qui se font ma priorité.

Alors je suis comme le vieux chinois : "Dieu seul sait".

Nous avons tous un cheval blanc qui nous conduit quelque part. Celui qui m'a accompagnée pendant tout ce temps où la vie, l'espoir étaient comme en suspens dans l'espace, m'a permis de relativiser les événements, de poser mes yeux sur les seules choses valant la peine que j'y prête attention.

Mon cheval blanc m'a fait chevaucher dans les steppes de mes hier disparus, de mes lendemains incertains pour me faire apprécier la beauté de mon présent. Il m'a conduite au sommet de l'inutile pour me faire apprécier tous les petits bonheurs du moment.

Enfin il m'a conduite au bord de cette mer que j'aime tant. Dans les vagues légères qui sur le sable effacent les regrets, les remords, il m'a montré leur dentelle de bulles où vivent mes plus beaux souvenirs.

CARPE DIEM

(¯`v´¯)
`*.¸.*´
¸.•´.•*¨.•*¨
(¸.•´ (¸.•´
`*.¸.*´
¸.•´.•*¨.•*¨
(¸.•´ (¸.•´.•´¸¸.•¨¯`•♥ Annie ♥

Marignane, Octobre 2022

136

Du même auteur

En vente sur Amazon

Romans

La boîte à sucre

Le secret de Constance

Une petite ville si tranquille

La bête est morte

La Dame aux loups (tome2)

Témoignages

Ce crabe qui en pince pour moi

Briser le silence

Aux marches du passé

Récits – Nouvelles

Trois femmes

La voyeuse

Recueils de poésies

Juste quelques mots d'amour

Fouka, souvenirs et regrets

Émotions

Promenade

À cloche cœur

Ouvrages pour la jeunesse

Shona, femme

Les histoires de Mamie

5 Tomes

- Miracle à Noël
- Valentin et l'ours magicien
- Qui a volé la sacoche de Casimir Timbreposte ?
- Les aventures de Chloé
- Nina au pays du Père Noël

Aux éditions BoD

Lisez l'histoire vraie de

Pauline, une femme pied noir.

Une saga familiale d'émigrés

comme il y en eu beaucoup à cette époque,

en Algérie.

Venus de France, d'Espagne, d'Italie ou d'ailleurs,

ils ont fait de ce pays inculte et insalubre

« Le verger de la France »

****

Le manuscrit assassiné

Roman policier

****

La dame aux loups *

(Tome 1)

Roman médiéval

- (L'acheter uniquement chez BoD pour avoir la dernière version)

-